Régis DELPEUCH

Le Voleur de dents

Illustrations de
Didier JEAN et ZAD

SEDRAP Jeunesse

Régis DELPEUCH voit le jour le 5 février 1956 (par très grand froid !) à Ladornac, au fin fond du Périgord noir.

Instituteur pendant plus de vingt ans à Mérignac (en Gironde) il tombe (entre la cueillette des cèpes, la traque des truffes et l'élevage de foie gras) dans la marmite de l'édition pédagogique avant de plonger, un peu plus tard, dans le grand bain de la littérature jeunesse !
De *Rififi au collège* à *L'Ortogafeur*, en passant par *Le Bêtisovore* et *Histoires de dragons*, il a pris le parti de l'humour pour captiver ses jeunes lecteurs et les amener, l'air de rien, à réfléchir, à s'interroger sur des choses aussi sérieuses que la différence, la tolérance…

Didier JEAN et ZAD

À première vue, on pourrait croire que Didier Jean et Zad sont trois bons copains qui se retrouvent de temps en temps pour se raconter des histoires.
Mais il n'en est rien ! Ils sont deux, et ça suffit bien.
Un jour, ZAD vint tirer par la manche son compagnon de jeux, Didier JEAN, alors très occupé à martyriser son piano : « S'il te plaît, lui dit-elle, inventons une histoire... que je puisse la dessiner ! »
Et voilà, le mal était fait ! Le bougre saisit la balle au bond, entamant alors avec sa compagne une partie de ping-pong verbal qui n'est toujours pas terminée. Dans ce jeu, pas de gagnant, pas de perdant, mais deux olibrius qui, tantôt illustrant, tantôt écrivant, cultivent leur imaginaire comme on élève des orchidées.
Leur méthode de travail tient de la gourmandise : tandis que Didier prépare une savoureuse crème au chocolat, un coulis à la framboise ou encore une chantilly, Zad s'en empare et les pose sur sa palette pour donner des couleurs à leurs dessins.
Cela explique peut-être pourquoi les lecteurs ont tendance à dévorer leurs livres...

1 • Chez Mathilde

– Maman ! Maman ! J'ai perdu deux dents !

– *C'est normal, Mathilde. Toutes tes dents de lait vont tomber et d'autres vont repousser.*

– Oui, mais moi, je les ai perdues !

– *Perdues ?*

– Hier soir, en me couchant, j'avais toutes mes dents. Et ce matin, il m'en manque deux. J'ai cherché

partout dans le lit, je ne les ai pas trouvées. Tu crois que c'est la petite souris ?
– *Ah non, Mathilde ! Si c'était la petite souris, elle t'aurait laissé une pièce. Tu as regardé sous l'oreiller ?*
– Oui : ni pièce, ni dents ! Ma petite souris à moi, c'est une voleuse !
– *Mais non, ma chérie. Tu as, tout simplement, avalé tes deux dents, pendant ton sommeil.*
– Tu crois ?
– *Oui, sûr de sûr !*
– Mais... mais... je... je... vais être malade. Il va falloir m'opérer !
– *Rassure-toi, Mathilde. Ce n'est pas grave. Pas plus grave que quand tu avales un noyau de cerise. Allez, finis ton bol de lait et en route pour l'école. Ce soir, ce sont les parents d'Alexandre qui vous ramèneront. Alexandre couche toute la*

ISBN : 2-84117-483-2

9, rue des frères Boudé • BP 1365 • 31106 Toulouse Cedex

semaine ici, car ses parents ont gagné un voyage et ils partent demain matin.

– Chouette ! Alexandre est mon meilleur copain !

2 • Dans la cour de l'école

– Salut, Alexandre ! Qu'est-ce qu'il t'arrive ?

– *Hummh…*

– Tu as perdu ta langue ?

– *Hummhh…*

– Qu'est-ce que tu es désagréable ! Tu es bien un garçon, toi ! Si tu ne veux pas parler, tu n'as qu'à écrire. Moi, je vais jouer avec quelqu'un

de plus bavard.

– Hummh… Mathilde… hummh… reviens. Ce n'est pas la langue que j'ai perdue, ce sont mes dents !

– Tes dents ?

– Oui… toutes mes dents de devant.

– Ça s'appelle des incisives…

– Oh ! ça va mademoiselle « Je-sais-tout » ! Incisives ou pas, j'en n'ai plus une ! Regarde !

– Ha, ha, ha !… C'est pas vrai ! Ha, ha, ha !… Elles sont toutes tombées, à la fois, cette nuit ? Ha, ha, ha !…

– J'sais pas. J'les ai pas retrouvées ! En tout cas, ce n'est pas la peine de te moquer de moi !

– Excuse-moi, Alexandre ! Moi aussi, j'ai perdu deux dents cette nuit. Maman dit que je les ai avalées.

– Tu as dû aussi avaler les miennes !

– À moins que…

– À moins que quoi ?

– Je te dirai plus tard, Alexandre. Viens, la maîtresse nous appelle.

3 • *En classe*

– Bonjour, les enfants. Vous avez passé un bon week-end ?

– ...

– Je sais qu'on est lundi. Mais il faudrait vous réveiller !

– ...

– Eh bien ! vous n'êtes pas bavards, ce matin ! Si ça pouvait être toute l'année comme ça ! Voyons, qui vient

me réciter la poésie ?

– ...

– Incroyable ! c'est la première fois que je n'ai pas de volontaire ! Allez, vite, un volontaire !

– ...

– Bon, Adrien, ce sera toi... le volontaire. Apporte-moi ton cahier. Allez, je t'écoute.

– *Zeuh... zeuh... la zé... flus...*

– Pardon, parle plus fort !

– *Zeuh… zeuh… la zé… flus…*

– Articule ! Ouvre la bouche ! Je ne comprends pas un mot à ce que tu me racontes, aujourd'hui !

– *Zeuhh…*

– Ouvre la bouche, je te dis ! Mais… mais… je rêve ! Tu as perdu toutes tes dents ?

– *Voui, maikresse ! Coutes à la vois, zette nuit !*

– La petite souris va avoir du travail, et toi tu vas être riche !

– *Ze… ze… les zé pas rekouvrer ! Autune…*

– Tu n'as pas dû assez bien regarder dans ton lit. En attendant, tu parles trop mal pour réciter la poésie. Mais rassure-toi, demain tu auras retrouvé une diction normale. Allez, qui vient remplacer Adrien ?

– …

– Ça... ça... ça alors ! C'est une épidémie, ma parole ! Il n'y aura jamais assez de petites souris pour tout le monde ! Tant pis, on va commencer par la dictée. Je suppose que vous n'avez perdu ni votre stylo ni vos dix doigts !

4 • Dans la cour de récréation

– Alexandre ! J'avais raison ! Mon idée, ce matin, était la bonne.

– Ton idée ! Quelle idée ?

– Celle du voleur !

– Le voleur ! Quel voleur ?

– Le voleur de dents !

– Un voleur dedans l'école ! Mais, Mathilde, il n'a rien pris dans notre classe ?

– Que tu es lourd, Alexandre ! Tu n'as pas vu qu'il manque des dents à tous les enfants, ce matin ?
– *Si.*
– Et tu n'as pas entendu ce que Adrien a dit à la maîtresse ?
– *Pas très bien, il zozotait un peu.*
– Il a dit qu'il ne les avait pas retrouvées…
– *Nous non plus !*
– Ah ! je vois que tu commences à comprendre ! Si personne ne retrouve ses dents, c'est qu'il y a un voleur.
– *Tu lis trop d'histoires, Mathilde. Pourquoi on volerait des dents ?*
– Pour les revendre !
– *N'importe quoi ! Tu as déjà vu des dents de lait en or ?*
– Non, bien sûr que non.
– *Alors, elles ne valent rien nos dents,*

pas un euro ni un dollar !

– D'accord, Monsieur a raison : ce n'est pas un voleur ! Mais dis-moi où elles sont passées.

– On les a avalées.

– Toutes ? Et tous le même jour ? C'est toi qui vois trop de dessins animés ! Moi, je te dis qu'il y a un voleur. Et ce soir, on va le coincer !

– Qui « on » ?

– Toi et moi !

– Et comment ça, « mademoiselle Julie Lescaut » ?

– Tu verras ce soir. Moi, je file jouer avec les filles. Sinon elles vont croire que tu es mon amoureux !

5 • Dans la chambre de Mathilde – 21 h

– *Ouahhh ! Superbonne, la tarte de ta mère !*

– **Oui, elle cuisine vachement bien. Mais, Alex, tu n'aimes pas le rôti de bœuf ?**

– *Si, mais c'est à cause de mes... mes cisives.*

– Tes cisives ?

– Oui, tu sais bien : mes dents qui sont tombées !

– Les incisives, Alexandre. Ça s'appelle des incisives. Toi, tu ne seras jamais dentiste !

– Oh, ça va, Mathilde ! Arrête de te moquer de moi. Qui t'a aidé pour faire le problème, avant de souper ?

– D'accord, on fait la paix ! Et on parle moins fort. Sinon, Maman va nous entendre et te changer de chambre !

– Sûr, ce serait bête.

– Oui, surtout que c'est ce soir qu'on va le coincer. Et pour le coincer, va pas falloir dormir !

– Alors, tu crois toujours qu'il y a un voleur de dents ?

– Bien sûr, Alex, c'est évident !

– Et tu crois qu'il est assez bête pour

revenir deux soirs de suite voler les dents aux mêmes enfants ?

– Tant qu'on a des dents qui bougent, je suis sûre qu'on l'intéresse.

– D'accord, t'as peut-être raison. On fait quoi, alors ?

– Alors, on ne dort pas !

– Impossible, Mathilde ! Aujourd'hui on est allés à la piscine, je suis crevé, moi.

– On ne dort pas en même temps.

– Ah, bon !

– Je dors deux heures, et toi, pendant ce temps-là, tu lis.

– Bof... t'as pas la télé dans la chambre ?

– Tu es fou ! Ma mère ne veut pas. Mais si tu n'as pas envie de lire, tu n'as qu'à compter les nounours de la tapisserie ou réciter tes tables de multiplication.

– Et pourquoi mademoiselle « C'est-moi-qui-décide » dort la première ?

– Parce que dans deux heures, tu me réveilles et toi, tu fais un gros dodo.

– Et après…

– On change toutes les deux heures jusqu'à ce que le voleur arrive.

– Et quand il arrive, Mathilde, on fait quoi ?

– …

– Mathilde, on fait quoi quand le… ? Mince, elle dort déjà. Bon, il faut que je tienne jusqu'à onze heures et demie : six fois un six, six fois deux douze, six fois trois dix-neuf… euhh… dix-huit, six fois quatre trente-quatre…

6 • Dans la chambre de Mathilde – 7 h 30

– *Allez les enfants, debout. Petit déjeuner, toilette et école !*

– Mmouais... M'man... on arrive. Eh... Alex... faut se lever.

– ...

– ALEX !

– *Hein ! Quoi ? Il est là ? Le voleur ! Où ? Depuis quand ? Au secours !*

– Eh ! du calme, Alex. T'as fait un cauchemar ou quoi ?

– Non, je crois pas. Mais, quelle heure est-il ?

– Sept heures et demie, il faut se lever pour aller à l'école.

– T'as pas dormi de la nuit ?

– Si, j'ai même super bien dormi.

– Ça alors ! Tu devais me réveiller à une heure trente du matin !

– Mince et zut ! T'as raison, Alexandre… Je me suis endormie en comptant les nounours.

– Bravo ! Mademoiselle « J'ai-de-bonnes-idées » s'est endormie !

– Oh ! ce n'est pas une catastrophe. Il n'est pas passé. On recommencera ce soir.

– Trop tard. Ma canine qui bougeait hier soir n'est plus là.

– Zut et mince ! Moi aussi, Alex ;

il me manque une dent !

– *Le petit déjeuner est prêt, les enfants. À table !*

– Oui, M'man, on arrive.

– *Et si on lui disait tout, à ta mère ?*

– Elle ne nous croirait pas et elle ne voudrait plus qu'on couche dans la même chambre. Non, on ne dit rien et on cherche une autre idée.

– *On en parle aux copains ?*

– Non plus, ils ne savent pas tenir un secret.

– *ALLEZ, DÉPÊCHEZ-VOUS ! VOUS ALLEZ ÊTRE EN RETARD !*

– Oui, oui, nous v'là ! Bonjour, M'man.

– *Bonjour, M'dame.*

– *Bonjour, les enfants. Ah ! Mathilde, ce soir, j'ai rendez-vous chez le dentiste. Je t'emmène, il te rassurera pour les dents ;*

tu sais, celles que la petite souris t'a volées !

– **Oh ! c'est pas drôle !**

– *J'pourrais venir avec vous, M'dame ?*

– Bien sûr, Alexandre. Il ne te reste plus beaucoup de dents, mais un petit contrôle dentaire ne fait jamais de mal.

7 • Chez le dentiste, dans la salle d'attente – 17 h

– Il t'a fait mal ?
– Non, Mathilde… enfin… un peu.
– Tu le trouves pas bizarre ?
– Qui ?
– Le dentiste, Alexandre. Tu ne le trouves pas bizarre ?
– J'sais pas. C'est la première fois que je vois un dentiste.

– Moi aussi, mais je le trouve bizarre.

– On demandera à ta mère, quand elle sortira de son cabinet.

– Non, non et non ! On ne parle plus à ma mère de cette histoire de dents ! En plus, c'est la première fois, elle aussi, qu'elle vient chez ce dentiste. Il a remplacé monsieur Dumolaire qui a pris sa retraite.

– Tu crois qu'il s'appelle monsieur Décisives, celui-là ?

– Ha, ha, ha ! Très drôle, Alex ! Mais…

– Oui, oui, on dit des incisives. En tout cas, Mathilde, je ne sais pas s'il est bizarre, mais tu as vu sur son étagère ?

– Non. Quoi ?

– Le bocal, Mathilde ! Il y a un bocal plein de dents.

CABINET
DUMOLAIRE

– Normal, c'est celles qu'il arrache. Il doit les collectionner.

– Attends, elles sont toutes petites, comme des dents de lait.

– Tu crois que…

– Je crois rien du tout, Mathilde, mais…

– On va savoir. Je retourne avec ma mère et j'essaie de prendre le bocal.

– T'es folle ou quoi ?

– Mais non. Je vais leur faire croire que j'ai peur pour Maman. T'as vu la roulette qu'il a ?

– Non, Mathilde. Si c'est lui le voleur, il nous a déjà reconnus et il va se méfier de toi.

– Alors, monsieur « On-fait-quoi ? », on fait quoi ?

– On revient ce soir.

– Ce soir !

– Oui, avec cette clé que j'ai prise, sur la porte d'entrée. Il y en avait deux dans le trousseau. Mais… chut ! voilà ta mère.

8 • Chez le dentiste – 22 h

– Alors, tu y arrives ?

– *Une seconde, Mathilde, une seconde ! Ça y est, la clé est dans la serrure. Je tourne et…*

– Et s'il y a une alarme, Alex ! Que fait-on ?

– *On prend nos jambes à notre cou ! Mais t'en fais pas, c'est un très vieil immeuble, on ne risque rien.*

– En tout cas, on ne risque pas plus que si Maman s'aperçoit qu'on n'est plus dans la chambre ! Pourvu qu'elle ne vienne pas me border avant d'aller se coucher !

– Cool, Mathilde, cool ! On sera revenus avant la fin de son film. Tiens, ça y est, j'ai ouvert la porte. Passe ta lampe de poche et attends dans le couloir.

– Non, mais ça va pas ! Je te suis.

– Mademoiselle a peur toute seule, dans le noir ?

– Non, mais à deux, on peut trouver plus d'indices. Et d'abord, pourquoi c'est moi qui resterais faire le guet ?

– D'accord, allez viens. Et tant pis pour l'alarme !

– Arrête de me faire peur, Alex.

– Là c'est la salle d'attente, là les toilettes. Ah ! voilà la porte du cabinet.

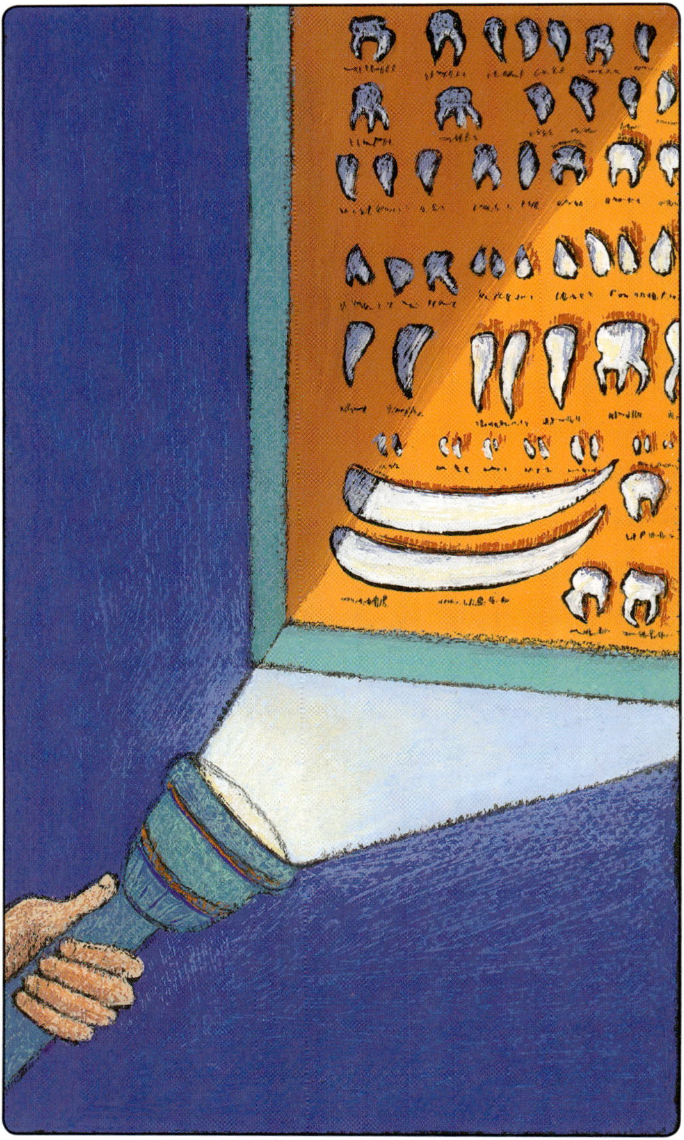

✡✡✡✡

– Alors, il est où ce bocal ?

– Là, Mathilde. Il était là ! J'en suis sûr !

– Et moi, je suis sûre que je ne vois rien du tout là, ni ailleurs dans la salle.

– Je te jure qu'il y avait un bocal plein de dents, là, cet après-midi. Il a dû les emporter chez lui. J'suis pas fou, quand même !

– Non, mais tu vois trop de films policiers. On a pris tous ces risques pour rien !

– Et ça Mathilde, c'est quoi ?

– Ça quoi ?

– Cette dent, là, sur l'armoire !

– Eh bien, c'est une dent. Ce n'est pas un bocal plein de dents ! Et une dent chez un dentiste, c'est comme

une poule dans un poulailler, si tu vois ce que je veux dire.

– *Tu ne la reconnais pas ?*

– Mais tu es vraiment fou, mon pauvre Alexandre ! Non, je ne reconnais pas cette dent. Elles se ressemblent toutes, les dents.

– *Oui, sauf que celle-là, c'est celle de*

Jérémy. C'est celle qu'il s'est abîmée dans la cour de l'école.

– Tu en es sûr ?

– Certain, Mathilde. Regarde, elle est fendue par le milieu et de haut en bas, exactement comme celle de Jérémy.

– Et alors, qu'est-ce que ça prouve ? Le dentiste la lui a arrachée, voilà tout.

– Mais non, son dentiste c'est monsieur Dudentier, et il a dit qu'il fallait attendre qu'elle tombe toute seule. Jérémy me l'a dit le soir de son accident, et ce matin, il n'avait plus cette dent !

– Alors, Alex, tu crois qu'on est vraiment chez LE « voleur de dents » ?

– J'en ai bien peur, Mathilde. Mais éteins ta lampe, j'entends du bruit.

– Vite, vite, cachons-nous derrière le fauteuil. Il y a de la lumière dans la salle d'attente. Plus un mot !

9 • Dans la nuit, devant chez Thomas

– Vite Alex, grimpe avec moi, dans l'arbre. De là, on voit super bien la chambre de Thomas. Les volets ne sont pas fermés.

– *Tu crois qu'il va rentrer dans la chambre ?*

– Bien sûr ! Tu as bien vu ce qu'il a pris dans son cabinet : une trousse

à pharmacie et une pince à dents ! C'est pas pour jouer aux cartes avec le père de Thomas !

– T'as raison. Il est venu sans hésiter jusqu'ici. Heureusement que c'est dans le quartier et qu'il y est allé à pied, sinon on n'aurait jamais pu le suivre. Quand je serai grand, je serai espion !

– Arrête de dire des bêtises plus grosses que toi, Alex, et regarde : il y a de la lumière dans la chambre. C'est lui ! Il a une lampe torche et il porte un masque.

– Mais pourquoi met-il un gros coton sur la bouche de Thomas ?

– Ça doit être juste pour l'endormir.

– Mais il dort déjà !

– Pour l'endormir un petit peu plus. Le coton doit être imbibé

d'éther ou de quelque chose comme ça. Il lui ouvre la bouche…

– *Et il lui arrache une dent ! T'avais raison, Mathilde : c'est lui le voleur de dents !*

– Ouais… il est très fort !

– *Et très doux en même temps. Il fait même pas mal !*

– En tout cas, c'est un voleur ! Il faut l'arrêter !

– *Et comment, « Inspecteur Gadget » ? On encercle la maison ou on se pend à ses jambes quand il sort ?*

– Gros malin…

– *On peut aussi rentrer chez toi, réveiller ta mère et appeler la police.*

– Mince et zut ! Ma mère ! Il est onze heures et demie. Son film doit être fini depuis belle lurette ! Pourvu qu'elle ne soit pas venue me faire un bisou ! Vite, Alex ! Saute

de l'arbre, on rentre ! Grouille !!!
– *Mathilde, tu es vraiment très très fatigante...*

10 • Dans la chambre de Mathilde

– Mathilde !... Hé !... Mathilde ! Réveille-toi, il est dix heures.

– Dix heures ? Mince et zut... l'école !

– C'est mercredi aujourd'hui, y a pas école.

– T'as raison, Alex. C'est pour ça que maman nous a laissés dormir.

– Au fait, hier soir, on a eu du pot ! Elle est venue nous faire la bise cinq minutes après notre retour !

– M'en parle pas, j'avais encore les joues toutes fraîches.

– Et moi, je n'étais même pas déshabillé. Heureusement, j'avais tiré les couvertures jusqu'au cou. Elle sent drôlement bon, ta mère !

– C'est son parfum. Moi, elle veut pas que j'en mette ; elle dit que ça va m'abîmer la peau.

– T'en fais pas, Mathilde, toi aussi tu sens bon. Et puis c'est pas grave, j'suis pas ton amoureux !

– T'as fini, oui ! Si on s'occupait plutôt du voleur !

– Et si on le laissait tranquille, Mathilde ?

– Je rêve ou quoi !

– Il ne fait pas de mal aux enfants...

– Mais c'est un voleur ! Et si un jour il étouffe un de nos copains !

– D'accord, d'accord ! Mais avant de « nous en occuper », je voudrais bien savoir pourquoi il vole les dents.

– Peut-être pour en faire des bijoux.

– Des bijoux ?

– Oui, des bijoux en ivoire. Il y a de l'ivoire dans nos dents.

– Mmouais… il va lui en falloir. Il ferait mieux d'aller au zoo de la Palmyre et d'endormir les éléphants.

– Facile de te moquer, Alex. T'as une idée, toi ?

– Oui, deux même.

– Pour une fois ! Commence par la première.

– Avec les dents, il fait des dentiers qu'il revend.

– Des dentiers en dents de lait,

pour personnes âgées ? N'importe quoi !

– Toi aussi tu te moques... J'te dis pas ma deuxième idée...

– Si, si, Alex, dépêche-toi. J'entends maman qui monte les escaliers.

– Et s'il volait nos dents pour avoir de nouveaux clients !

– Comment ça ?

– Il se dit que les enfants et leurs parents vont s'affoler et qu'ils viendront le consulter ; comme tu as fait lundi soir avec ta mère.

– Pas bête, Alex. Mais il prend trop de risques ! Il doit y avoir une autre raison.

– On n'a qu'à y retourner ce soir. J'ai gardé la clé.

– D'ac, Alex. Euhh... B'jour, M'man...

– Bonjour, M'dame.

– Bonjour, les enfants. Vous avez bien dormi ? Ce doit être une épidémie. En bas, il y a votre copain Thomas et il dort debout.

– Oh, lui c'est normal !

– Et c'est normal qu'il ramène tes gants et l'écharpe d'Alexandre ? Il dit qu'il les a trouvés ce matin, devant chez lui, au pied d'un arbre.

11 • Chez le dentiste – Minuit

– On a bien fait d'attendre que ta mère soit passée nous faire la bise avant de venir ici.

– Sûr, au moins on est tranquilles.

– Et en plus le dentiste…

– Le voleur !

- … le « dentiste-voleur » est revenu de sa tournée. Regarde, Mathilde, là il y a son masque et sa trousse à pharmacie.

– À moins qu'il ne soit pas encore parti.

– Et ça, ces cinq dents, elles ont encore un peu de sang frais sur leurs racines.

– Arrête, j'ai peur !

– Cool, Mathilde, y a pas de vampires dans les parages. Allez, on cherche.

✡✡✡✡

– Alex, tu crois qu'il habite ici ?

– Pourquoi tu me demandes ça ?

– Là, il y a son imper noir et ses chaussures.

– Dans la salle d'attente, il y a une deuxième porte ; peut-être qu'elle donne dans son appartement.

– Sûrement. Rappelle-toi : hier soir, c'est dans la salle d'attente qu'on a vu d'abord la lumière.

– Alors, on fait quoi ?

– On fait quoi, monsieur « On-fait-quoi » ? On ne fait pas de bruit et on réfléchit ?

– Non, on ne réfléchit plus ! On prend l'éther dans sa trousse à pharmacie, on l'endort et on appelle la police.

– Mais on n'a pas de preuves !

– Si, les cinq dents. Il sera facile de trouver à qui elles appartiennent et comment elles sont venues là.

– D'accord, Alex. Ça y est, j'ai l'éther. Ouvre la porte et tant pis pour son secret ; il le dira à la police… AHHH !!!…

– AHHHH !!!…

12 • Chez Mathilde

– *J'en ai jamais vu autant de ma vie !*

– **Moi non plus, Alex. Heureusement que ma mère n'était pas là : elle aurait fait une crise cardiaque et elle aurait réveillé tout le quartier !**

– *Elles étaient super-méga-belles ! Surtout les blanches.*

– **Moi je préfère les grises.**

– *Il y en avait des milliers !*

– T'exagères un peu, Alex. Mais des centaines, oui !

– *Sans compter toutes celles qu'il a déjà dû vendre.*

– Non, je ne crois pas qu'il ait eu le temps. Il n'y a que trois mois qu'il était installé dans le quartier. Quand je pense qu'il volait les dents des enfants pour les faire passer chez lui !

– *Oui, vraiment diabolique ! Il mettait les dents sous un coussin. Quand elles passaient pour mettre la pièce, une cage tombait sur elles et hop ! elles étaient piégées.*

– Il gardait la pièce et il vendait ses petites prisonnières à un laboratoire pharmaceutique pour leurs expériences. Les pauvres !

– *En tout cas, Mathilde, pas besoin d'appeler la police.*

– T'as raison. Il est pas prêt de revenir ! T'as vu comme il a bondi de son lit et pris ses jambes à son cou quand on a ouvert la porte de sa chambre et laissé entrer nos petites amies !

– *Surtout quand elles ont commencé à passer sous les draps et à lui chatouiller le nez.*

– Ça, c'est sûr : il doit courir encore. Moi qui croyais qu'il n'y avait que les mamans qui avaient peur des SOURIS !

Fin